KB203284

가슴에 스며드는 단비

살어리랏다

오길원 시집

■ 들머리 글

해 질 녘 지는 해의 남은 햇살로
가슴속 숨은 꿈에 모닥불을 지피고
못다 핀 한 송이 꽃의 그리움으로
망망대해에 흰 종이배를 띄운다

세상은 한 치 앞도 내다볼 수 없는
베일에 가려진 거대한 늪이라
우린 이 늪의 공포와 함께
어처구니없는 세상을 살아가지만

이제 갓 피어난 이 시들이
삶에 지친 영혼에 작은 위로가 되고
늪을 헤쳐 나갈 용기로 샘솟는다면
더할 나위 없는 기쁨이겠다

산다는 것은 기다림이다
오늘보다 나은 내일을 기다리고
설렘을 안고 떠나는 낯선 여행자처럼
미지의 꿈과 사랑을 기다리며
그 간절한 기다림 속에서 행복을 찾는다

'살어리랏다'는 지나온 삶을 되돌아보는
쉼표 하나의 여유다
그저 처마 끝에 대롱대롱 매달린 고드름이
달콤한 봄 햇살의 유혹에 화답하여
떨어지는 물방울 소리다

2025년 어느 봄날에
시인 오길원

제1부 살다보면

제2부 바람이 분다

제3부 사랑의 이름으로

제4부 어째야쓰까

제목 : 괜시리
시낭송 : 박영애

스마트폰으로 QR 코드를 스캔하면 시낭송을 감상할 수 있습니다
영상은 YouTube 정책 또는 운영 관리에 따라 삭제될 수도 있습니다.

제1부
살다보면

3월의 봄

봄이 오는 소리에
처마 끝의 고드름이 녹더니
마른 대지의 어깨 위에 내려앉은
한 줄기 햇살이 포근하다

자갈돌이 들려주는
시냇물 흐르는 소리에 깜짝 놀라
개구리는 서둘러 연못을 찾고

물오른 나뭇가지에
바람이 속삭이는 달콤한 소리 듣고
새들도 흥겹게 하늘을 난다

마른 풀섶 사이로
살며시 고개 내민 새싹마저
살아 있다고 환하게 웃는 3월

소중한 생명들이
하나같이 본래의 제자리를 찾아
이리저리 분주해도

따사로운 봄 햇살이 키울
예쁜 꽃씨 하나 뿌려둔 내 마음
종달새가 들려주는 봄의 노랫소리로
고향의 들녘을 거닌다

가을의 소리

생각이 깊은 하늘이
바람결에 들려주는 소리 듣는다
나뭇가지 끝에서
산 그림자 속에서

마음의 창을 열고
귀를 뚫어
말꼬리에 비단옷 입혀 달라고
귀뚤귀뚤 우는 소리

별 하나에 내 마음
별 둘에 네 마음을 담아
달빛으로 사랑을 속삭인다고
어둔 밤이 우는 소리

풍성함이 너그러움으로
너와 나를 품고 가는 보름달처럼
정 그리워 귀뚜라미 우는 밤
가을은 익고 가슴은 탄다

가을장마

가을 장맛비는
늙은 할아버지 하얀 턱수염으로도
피할 수 있다고 했거늘

어쩌다 가을이
버리지 못한 탐욕의 덫에 걸려
해맑은 미소를 잃었는가

떼쓰듯 제멋대로
쏟아붓는 저 오만한 빗줄기는
고삐 풀린 드센 망아지의 속살인가

미련이 과거에 머물면
집착이 되고 평지풍파를 일으키는
도화선이 되리니

여름을 흠모하듯
속절없이 내리는 굵은 빗방울 소리에
꿈 잃은 백수마냥 낮술에 취해
가을이 비틀댄다

고궁을 걷다

고즈넉한
과거의 시간 속으로 소풍을 떠난다
공간이 의식을 지배하던 옛날로 돌아가
흘러간 역사에 발을 담근다
고궁이 더 높고 더 커도
한여름 밤 허무한 꿈처럼 부질없음을
세월의 덧없음을 마중한다
화무십일홍의 영화를
역사의 뒤안길에서의 권모술수와
피비린내 나는 당파싸움을
그때는 옳았고 지금은 틀렸다고
기록의 역사는 무심한 세월 앞에 당당하지만
입으로 전해오는 숨은 역사는 흥미롭다
밤에 피는 달맞이꽃처럼
기억하되 되풀이되지 말아야 할
슬픈 과거를 만난다
옳고 그름에 눈 감고
나만 옳다는 내로남불의 흑역사
처마 끝에 매단 풍경소리가
내 안의 나를 깨운다
역사는 결코 잠들지 않는다고
잊은 역사는 잃은 미래라고

꽃밭에서

한 송이든 열 송이든
그곳이 어디든
꽃이 피면 꽃밭이라네

내 마음의 꽃밭에 앉아
생각의 나래를 접고
물끄러미 꽃잎을 바라보네

싹이 트고 잎이 질 때의 아픔을
꽃이 피고 꽃이 질 때의 눈물을
곱게 물든 꽃잎에서 보네

별, 나비 없는 꽃밭에서
떠난 뒤에 남아있는 그리움으로
님의 향기를 꽃잎에 그리니

꽃밭에서 꽃잎이 노래를 하네
사랑도 인생도
피고 지는 한 송이 꽃이라고

꽃밭에서 그대는 웃고 우네
설익은 사랑처럼
가슴에 못다 핀 꽃이라서
봄비에 젖는다고

골프 이야기

호쾌한 첫 샷에
들뜬 마음을 한껏 실어 보내고
오늘은 굿 샷이라
베스트 스코어를 떠 올린다

페어웨이로 간 굿샷에
입가에 미소가 저절로 번지고
제멋대로 간 미스 샷에
탄식 소리 절로 난다

욕심부려 낸 오비에
빈 마음의 소중함을 깨닫게 하고
버디를 기다리는 초조함에
인내의 미학을 배운다

골프는 인생처럼
마음대로 되는 일이 하나도 없나 보다
참고 기다리는 수밖에
홀인원의 행운은 그저 남의 일

멋쩍은 실수와 행운도
웃고 즐기는 라운딩의 추억이려니
마지막 홀 떠나는 가슴속엔
늘 올 것 같은 그 님 생각뿐

구절초가 필 때면

살다 보면 이런 일 저런 일 무수히 많다지만
무슨 사연이 그리 많아 꽃으로 피어났나요
한 구절 한 구절 풀잎에 머문 가을 햇살로 엮어서
9월을 노래하니 구절초인가요

매정한 바람에 할퀴고 변덕스러운 파도에 떠밀리며
할 수 없이 주저앉고 넘어지며 살아온 삶이 아니던가요

아홉 번이나 꺾여도 상한 마음 한구석도 드러내지 않고
천연덕스럽게 미소 짓는 청아한 꽃이라지요

영롱한 아침이슬로 순수한 구절초가 필 때면
백절불굴로 살아온 청춘의 봄날은
가을 하늘 속에 유유히 떠가는 한 점 구름이라

아홉 수는 잘 넘겨야 한다며 내 마음을 어루만지시던
그 어릴 적 눈물 어린 어머니의 목소리가
구구절절 내 가슴에 스며듭니다

꾼

눈빛으로 마음을 훔쳐
콩깍지로 눈멀게 한 나무꾼

목소리로 가슴을 열어
눈물로 울고 웃게 한 소리꾼

끼가 끈이 되어
거부의 꿈을 이룬 장사꾼

꾼의 또 다른 이름
거간꾼 구경꾼 낚시꾼 난봉꾼
노름꾼 농사꾼 누리꾼 모리꾼 모사꾼
밀수꾼 사기꾼 사냥꾼 염탐꾼
재주꾼 훼방꾼 호객꾼
일꾼 술꾼 짐꾼

꾼 중의 꾼
아픈 만큼 더 성숙한 사랑꾼

도토리 키재기

가을 숲이 미소 짓는 한적한 창가에서
다람쥐 한 쌍을 만났다

다정하게 나뭇가지를 오르내리다
젖은 낙엽 위로 철석 주저앉는다

도톰하고 토실토실해서 이쁜
도토리가 보고 싶어서

도토리와 한참을 실랑이 벌이던 다람쥐가
서로 딴전을 피운다

도무지 토라진 이유를 전혀 모르면서도
입에 물고 있는 도토리가 궁금했다
누가 더 키가 큰지

돈

빙글빙글 돌고 도니 어지러운가 봐
돌고 도는 돈

눈물로 하소연해도 소용없나 봐
꼬리 달린 돈

금이니 흙이니 차별 하나 봐
눈먼 돈

갖고 싶어도 아무나 가질 수 없나 봐
임자 있는 돈

냄새가 나 얼굴을 들 수 없나 봐
세탁한 돈

오른손이 하는 일 왼손도 모르게 놓고 가나 봐
얼굴 없는 돈

요단강 건너는 데 꼭 필요한 돈인가 봐
노잣돈

돌나물꽃

이름 없이 떠도는 수많은 별들이
땅으로 내려와 꽃이 되었나 보다
너와 나의 소박한 꿈들이 작은 별로 빛난다

꿈이 있는 사람은 세상의 별이 되어 살고 싶다고
밤하늘의 별을 헤아리고
꿈을 이룬 사람은 별처럼 아름다운 이야기로
한 송이 꽃을 피운다

작은 것을 사랑하는 겸손한 믿음이
꿈을 이루게 하듯이

흔하고 보잘것없지만
돌덩이처럼 하찮아 보이지만
돌나물 꽃은 개천에서 용 나듯
꽃으로 가슴에 별을 그린다

막걸리

한참을 기다리다
이제 막 걸리는 시간이 궁금했다
내 마음이 여과 없이 그대로
그대 가슴에 스며드는 시간이

한 시간일까 두 시간일까
한 잔을 마셨을 뿐인데
내 마음속에 막 걸리던 삶의 응어리가
슬그머니 풀어지더니 술잔에 하얗게 녹는다

또 한 잔을 마시니
마음으로 오가는 정겨운 이야기에
까만 밤이 하얗게 변해간다
한 잔 한 잔 또 한 잔에 하늘에 뜬 달
강물 위에 뜨고 술잔 위에도 뜨나니

달달하게 마신 술에
이러쿵저러쿵 마음에도 없는 말로
횡설수설 수작 부리다
큰코다칠라

매미성

뜨거운 태양의 햇살이
온 누리에 가득한 여름의 한나절을
매미는 소리로 달랜다
배가 고파 밥 달라는 건지
새끼소가 엄마소 부르는 소리다
매엠 맴 매엠 맴

잊지 않고 해마다 찾아오는
반가운 여름의 전령이
간담이 서늘하게 싸늘한 얼굴로 왔다
무서운 바람 태풍을 앞세우고

그 바람이 할퀴고 간 자리
천년바위에 흘린 고귀한 땀방울로
성벽에 새겨놓은 이름 매미성

오직 한 사람이 홀로 외롭게 쌓아 올린 기적이니
믿기지 않아도 보면 볼수록 걸작이다
몽돌 대나뭇잎에 머문 파도 소리
실루엣의 작은 섬 사이를 이어주는 구름다리
풍경은 또 다른 멋진 선물이다

배롱나무 꽃

앙증맞은 간지럼에
슬픈 웃음을 참지 못하더니
입가엔 선홍빛 미소다

순수한 마음이
그리움의 세월로 애간장을 태워
붉게 물들었나 보다

청춘의 여름을 노래하기엔
열흘은 부족한 듯하여 백일이다

부귀도 사랑도 오랜 기다림의 선물이라며
한여름 뙤약볕에서도 웃고 있는
배롱나무꽃

세 번씩 피고 지는 아픔의 기억을 가슴에 묻고서도
백일이 한결같이 정갈하고 고고한
한의 꽃이라서 섧다

백사실 계곡

돌덩이
그냥 돌이 아니다
기나긴 세월이 다듬어 놓은 한 서린 응어리다

하늘을 보고 한 점 부끄럽지 않게 살고 싶어
별이 지는 서쪽에 잡아 놓은 집터
어느 누구의 돌무덤이 되었는지 침묵만이 계곡을 흐른다

白石洞天 백악의 아름다운 산천에서
마음을 하얗게 비우고 살리라 애써 새겨놓은 글자 위엔
공허한 바람만이 스쳐 갈 뿐

백사실 계곡엔 지금도 맑은 물에 도롱뇽이 살고
새하얀 눈처럼 모래알이 반짝인다

벚꽃이 필 때면

꽃바람에 두둥실 바람결에 흔들리는 꽃의 운무로
온 땅이 환희로 가득하니 벚꽃은 가슴에 핀다

꽃송이 하나로도 화사한 봄을 알리는 벚꽃
꽃망울 속에 내 눈빛이 머무니
나는 빛이요 너는 꽃이라

봄이라 피는 벚꽃 같아도 벚꽃 피어 오는 봄
벚꽃이 필 때면 가슴속엔 젊음이 피어나리
봄의 새싹처럼

봄의 진실

입춘이라고
대동강 물이 풀렸다고
강남 간 제비가 돌아왔다고
봄이 아니다
보일락 말락 새끼손톱 자라듯
고개 내밀고 오는 봄이라서
가슴이 뛰는 소리로 느끼는 거다
실개천을 흐르는 조약돌에서
아지랑이 꿈틀대는 들녘에서
가슴에 불어오는 동남풍에서
바람의 속살로 물오른 나뭇가지에 돋아난
새싹으로 봄을 알고
역경을 딛고 일어선 한 떨기 꽃에서 봄을 본다
아낙네가 햇살로 나물을 캐고
광주리에 봄의 진실을 담는 것처럼

뻥튀기

뻥 소리에 놀라 작은 쌀알, 옥수수 알갱이가
풍선처럼 부풀어 오른다
화들짝 놀란 봄바람은 한꺼번에 꽃비를 쏟는다

뻥 후련하다 가슴이 뚫린다
봄이 왔다고 그러니 우린 이제 살았다고
큰 소리로 울부짖는다

뻥 소리에도 뻥이 아니기를 바라는
철없는 아이의 순수함처럼
뻥 튀기듯 부풀어 오른 들뜬 마음
봄 햇살의 기다림이 낳은 희망이리라

사계의 성

봄의 소리는 잠에서 깨어나 눈뜬
개구리의 아침 여는 소리다
땅이 열려 새싹이 움트는 소리고
꽃이 피고 새들이 짝짓는 소리다

여름의 소리는 활활 타오르는
용광로의 불꽃 튀는 소리다
햇살이 모래알을 달구는 소리고
갈매기가 부르는 거친 파도 소리다

가을의 소리는 달빛 속삭임으로
사랑이 익고 타는 소리다
단풍잎에 그리움을 남기는 소리고
태운 낙엽으로 깨를 볶는 소리다

겨울의 소리는 노을 진 하늘에
덜컹거리는 빈 수레 소리다
벌거벗은 나뭇가지가 떠는 소리고
칼바람에 우는 까마귀 소리다

사해

그럴 수도 있어 그럴 수는 없어
생각의 차이로 뒤바뀐 마음이니
있으면 이해고 없으면 오해다

이해하는 마음으로 건너는 소통의 강
이해하는 마음 없이 건너는 불통의 강

이해한 마음이 끼리끼리 뭉치면 사랑이 되고
오해한 마음이 가슴에 스며들면 미움이 되니

소통의 강은 맑아
그 속이 훤히 보이고 깊을수록 고요하지만
불통의 강은 탁해
그 속이 보이지 않고 물결이 요동친다

삶 속의 이해와 오해
오해도 세 번 생각하면 이해가 되듯
마음의 문을 열면 풀린다
강물을 외면하지 않는 바다처럼

생일

다들 웃고 있는데 왜 혼자만 울고 있었을까
다가올 세상이 마냥 신기하기도 하지만
두렵기도 했으리라

그날이 특별한 오늘에
한 해 또 한 해 촛불을 밝힘은

무에서 유로 어둠에서 빛으로 온
고귀한 생명에 대한 고마움에 대하여
엄마의 사랑에 대하여

결코 잊지 않으려는 경건한 마음으로
어둠 저 편의 기억을 깨우는 거다

소설

얼음이 얼고 손돌바람에 내리는 첫눈이
소설이라지만
첫눈은 아마도 죽어서 작은 별이 된 사람들이
이 땅에 내려온 걸 꺼야

세상 사람 모두가 타임머신을 타고
어린아이가 되어 좋아하는 걸 보면

수많은 별들처럼 지울 수 없는 못다 한 이야기를
바람에 풀어헤쳐 날리듯
세상의 눈빛으로 아등바등 가슴 아파하지 말라고
허물은 덮고 감싸주라고

첫눈은 서먹해도
소설 같은 이야기로 가슴에 남아
사랑의 불씨가 된다

에움길

지름길은 걷는 발걸음을 재촉하고
눈길은 에움길에서 멈춘다

급할수록 돌아가고 바쁠수록 쉬엄쉬엄 가라는
에움길에서 마주하는 느림의 미학

눈을 감고 다소곳이 옷깃을 여미며
달빛으로 가는 세월의 소리를 듣노라면

꽃은 사랑스런 눈빛으로
느릿느릿 자세히 살펴볼수록 눈부시고

길은 터벅터벅 뒤돌아보고
소 웃음 짓는 황소걸음이라야 당당하다

추석

달이 뜬다 휘영청 밝은 달이
가을밤을 훤히 밝히며 정답게 뜨는 둥근 보름달

달 가운데 큰 달 슈퍼문은 내 고향 밤하늘에 뜨고
큰 달에 소원을 빌면 들어 줄 것 같아 발걸음을 서두르는데
마음은 이미 정든 고향 집 툇마루에 가 있다

그리운 사람 보고픈 얼굴이 떠올라
달달한 송편을 입에 물고 달을 보고 소원을 빈다
건강과 풍요를

너무나 커서 떠 있기도 힘든 달
내게로 가까이 오나 했더니
내 마음속에는 어느새 보름달이 떠 있었다

커피 한잔을 마셔도

혼자서 마시는 커피에 그대의 마음을 그렸더니
그리운 얼굴이 보이고

둘이서 마시는 커피에 사랑의 눈빛을 담았더니
마음이 행복하다 웃어요

한 잔의 커피를 마셔도 잠들지 못해 홀로 외로운
그대의 마음을 누가 알까요

커피 향으로 까만 밤을 하얗게 그려
가슴 한쪽을 흥건히 적셔낸 농익은 옛사랑은 아파요

하얀 목련

북풍한설의 길고 긴 밤을 겨우 이겨내고
봄이 오는 소리를 듣는다
지금 막 탄생의 기쁨을 세상에 알리는
껍질 부수는 소리다
하얀 목련이 삐쭉 고개 내민 소리가
청아한 울림으로 순백의 물결을 타고 흐른다
하얀 드레스로 치장한
우아하고 고귀한 신부의 자태처럼
껍질을 깨는 아픔도
힘든 고난의 상처도
피고 지는 목련꽃 곁에 머물다 가는
한 점 바람인 것을
비에 젖은 하얀 목련
시리도록 아픈 맑은 영혼의 꽃이라
학처럼 고고한가 보다

해바라기

해를 닮아
해처럼 살고 싶어서
오늘도 넌 해를 보고 있는 거니
아니
난 너를 보고 있었어
너의 마음을
해처럼 지금 해맑게 웃고 있는지
웃으면 복이 온다고
웃다 보면 웃을 일이 생길 거라고
수줍은 얼굴로
해바라기가 실없이 웃는다
나도 웃는다

형화

썩은 똥 밭을 구르더니
푸른 잔디밭 위를 난다

양심은 있어 별건 대낮은 고개 들지 못하고
욕심이 없어 짧고 굵게 이슬을 먹고 산다

밤이 되면 수많은 별들과 서로 어울리다
어둔 밤을 밝히고 별의 별이 되는 꿈을 꾸지만

일장춘몽의 금의환향이
형화의 꿈이련가

찬 이슬에 젖는 형설지공이
가을 하늘에 덧없이 걸렸다

혼삿날

삶의 무거운 짐을 흔쾌히 함께 들어줄 사람과 떠나는 먼
여행길의 첫날
태양의 들뜬 미소는 두 사람의 가슴에서 빛난다

한 사람 또 한 사람의
각기 다른 오늘의 역사가 하나 되어
함께 내일의 푸른 꿈을 꾸는 날

우여곡절 끝에 매단 눈물이
어두운 질곡의 공포를 벗어난 환희의 감격이
아름드리 어우러져 상기된 얼굴로
온 세상을 향해 포효한다

하늘이 열린 오늘은
한 사랑을 세상이 꼬옥 감싼 날이라
저만치 어제는 흘러가 있고
꿈꾸는 세상은 발아래 있다

호접란에 꽃이 피면

나비처럼 날고 싶은 꿈을 오롯이 품었나 보다
호랑나비가 날갯짓하듯 호접란은 꽃이 핀다
모처럼 내 세상을 만난 것처럼
활짝 웃는 만월의 미소다
입술로 사랑을 엮어
진한 향기로 나비를 부르며
갓생에서 오는 행복을 꿀벌의 지혜로 깨운다
기억 속에 남겨진 봄날의 꽃달에
호접란에 꽃이 피면
아랫목이 생각나는 춘곤증에도
비몽사몽 나를 비운 나비처럼 훨훨 나는
호접몽을 꾼다

제2부
바람이 분다

가는 봄

마른 가지에 물오른 하얀 목련이
꽃망울을 터뜨릴 듯 말 듯
망설이는 사이

노란 민들레는 사방에 홀씨를 흩날리니
온 땅이 생명이 움트는 소리로 가득하다

봄이 왔다고
온갖 꽃들이 고개 내민 소리에
세월이 멈춘 듯해도

화사하게 피어난
진달래와 개나리가 꽃잎을 떨구면
곱디고운 벚꽃이 꽃비를 뿌리고

슬그머니 따가운 여름 햇살에
그만 가고 마는 봄이라지만

내 마음의 뜰 안에
예쁜 꽃씨 하나 다시 심고서
가는 봄을 붙잡을까 보다

고드름 꽃

까만 밤 동장군이 왔다 간 건지
모골이 송연하게 썰렁 썰렁하더니
고드름 꽃이 가슴에 피었다

맑고 고운 수정 고드름은
처마 끝에서 봄바람을 기다리나
얼어붙은 가슴의 고드름은
악어의 눈물로 동심을 훔치누나

되먹지 못한 철면피의 몽니인가
미련한 놈 가슴의 고드름은
그냥 녹지 않는다며
손바닥으로 하늘을 가리니

봄 햇살로 가슴을 연다
고드름 꽃은 빗물 되어 떨어지고
나비 한 마리 날개를 편다

구름밭

파수꾼이 없어도 유유자적한 바닷가 구름밭은
텃새가 된 철새처럼 구름도 정들어 쉬어 간다

하늘이 바다를 만나
푸른 사랑을 속삭이는 수평선이
아득한 기억을 깨우고

갈매기는 애달픈 해녀의 삶을 반추하듯
텅 빈 불턱을 머뭇거린다

돌하르방의 코끝에 불어오는 바다 향기가
청춘의 애간장을 녹이고

파도에 출렁이는 그리움으로 구름이 세월을 가리니
이 구름밭에선 너만 보여

꼬막의 맛

갯벌이 달빛에 물드니 별들도 바다로 와 잠을 청한다
천 날의 기다림이 꼬막꽃으로 피어난 별들의 꿈

꼬막이 파도결에 숨죽이며
달의 기를 주름골의 깊이대로 꾹꾹 눌러 채운다

골이 깊은 참꼬막은 혀끝이 반하는 천상의 맛이고
골이 얕은 새꼬막은 가볍게 하늘을 나는 맛이라

꼬막을 먹는 것은 달의 향기를 느끼는 거니
달빛에 밤을 꼬박 새보면 안다

다문 입속에 숨은 탱글탱글하고 오동포동한
꼬막의 이 맛이 둥근달의 속마음인 것을

나목에 대하여

거짓과 위선
세상의 허물을 다 벗고 나니 벌거벗은 모습으로도 당당하다
진실은 벽 속에 감춘다 해도 때가 되면 다 드러나리니
매서운 혹한 추위도 두렵지 않다

나목 너도 그렇다
허울뿐인 이름으로도 올곧게 한세상 잘 버텼나 보다
가진 것 하나 없는 빈손이라
티끌만큼도 가릴 곳이 없는 걸 보면

찬 바람이 불면 나무는 옷을 죄다 벗는다
겨울은 살아온 삶을 반추하는 인고의 시간이다

꽃샘추위가 사나흘 머물다 가고서야
까마득히 잊고 있던 잃어버릴 뻔한 나를 찾는다

사람은 빈 가슴에서
나무는 마른 숲에서

눈길

하늘의 하얀 별들이
손에 손잡고 한꺼번에 내려와
다 잊고 살라고 세상의 허물을 덮는다
나목은 하얗게 눈꽃을 그리고
마음은 추억의 눈길을 거닌다
뽀드득뽀드득 즈려밟은 하얀 눈이
꿈결 같은 희망으로 솟구쳐 가슴이 뛴다
어린아이의 순수한 마음으로
내딛는 첫 발자국에 잠든 대지가 깨어난다
새처럼 가볍고 곰처럼 힘차게
열어젖힌 하루가 찬란히 빛난다
터벅터벅 에움길 따라 느릿느릿 걸어도
신나는 일이 곧 생길 것 같은 꿈길이어서
눈길에서 마주친 눈길은 맑고 곱다
산골 소녀의 미소처럼

눈송이가 꽃잎 되어

때 이른 봄바람에 눈송이가 꽃잎 되어 흩날린다
온 세상이 새하얀 눈꽃으로 화사한 꽃밭이다

나목의 어깨 위에 나비인 양 사픈사픈 내려앉아
사랑의 밀어를 속삭이며 꽃망울을 터뜨린다

설경을 가슴에 그려
기억 저 편의 어린 시절을 붙잡아
도란도란 이야기꽃을 나누는 순백의 세상

고운 눈꽃은 따사로운 봄 햇살의 입맞춤에
뚝뚝 떨어지는 눈물을 참지 못해
허겁지겁 꽃비를 뿌리고

마지막 여행을 홀로 떠나듯 우아하고 아름답게
나풀나풀 지는 꽃의 눈물이 되어
가슴에서 녹는다

늦가을을 걷다

오색은 가을에 물들고
산허리를 감싸 두른 자드락길엔
고즈넉한 낭만이 흐른다

긴 여행 끝의 꿀맛 같은 안도의 한숨처럼
숲은 겉으론 평온해 보여도
화려한 저녁 만찬 후에 석별의 정을 나누듯
늦가을 숲은 이별을 준비한다

다람쥐는 낙엽으로 도토리를 숨기느라 바쁘고
핏기 잃은 햇살이 안쓰러운 산 그림자는
하산을 서두른다

지는 낙엽에 떠나간 세월
백발이 된 억새의 처연한 몸짓
인기척 없는 빈집의 공허
동병상련의 바람이 숲에서 분다

매정한 찬 서리에 가슴 아파도
숲은 사람이 그립고
사람은 늦가을 숲길을 걸으며
숲의 위로를 받는다

두릅 따라 가는 봄

참 오랜만에 머리 좀 식히려고 했건만
그놈의 날씨가 심술을 부렸나 봐
두릅이 흐드러지게 피어 버렸네

두릅 핑계 삼아 그리운 형제 얼굴 좀 보려 했건만
그놈의 날씨가 심술을 부렸나 봐
두릅이 큰 입 벌려 하품하고 있네

두릅 좋다 하여 오매불망 가는 날을 기다렸건만
그놈의 날씨가 심술을 부렸나 봐
두릅은 간데없고 가시만 돋았네

이제 내 마음속에 참두릅 개두릅 땅두릅 심고 보니
심술을 부리던 그놈의 날씨도
두릅 따라가는 봄을 붙잡고 있네

때늦은 가을비

오색 단풍에 흠뻑 물든 가을이 가슴에서 활활 불타면
겨울을 재촉하는 비가 내린다

한 방울 두 방울 떨어진 빗물로
한 잎 두 잎 쌓인 낙엽 위에 철 지난 추억을 그린다

오늘이 가장 젊은 날이라며 흘러간 세월을 붙잡고
그리워하듯 때늦은 가을비는 그렇게 온다

한 번쯤 다시 보고 싶은 얼굴로
첫눈이 서둘러 새벽을 열고 나를 깨우던 그때처럼

뗏목다리

뗏목이 다리가 되고
갈매기도 찾지 않던 한적한 포구는
뗏목다리 말뜻 따라 벌교라는 이름을 얻었다

시공을 넘나들고
서로 소통하며 문화를 꽃피우는 다리
벌교천에는 세 개의 다리가 있다

스님의 땀방울로 꽃처럼 피어난
홍교다리는 무지개다리라
삼백여 년 긴 세월의 단꿈을 꾸나니
선녀처럼 단아하고 학처럼 고고하게
강물은 홍교를 화폭에 담는다

빼앗긴 들의 아픔을 소화다리 철다리는
부질없는 흑백논리로 힘없는 자의 눈물이 되어
갈대숲에 뼈아픈 상흔을 남기니
백여 년의 세월이 흘러도
역사의 시계는 오늘도 태백산맥을 깨운다

바람이라 좋은 바람

바람이라 좋은바람
내가슴에 부는바람
산모퉁이 돌고돌아
파도소리 철썩철썩

희망이라 부푼희망
봄소식에 흥얼흥얼
아지랑이 꿈틀대고
종달새는 지지배배

사랑이라 예쁜사랑
꽃잎물고 함박웃음
꿀벌들은 옹기종기
어깨춤을 덩실덩실

바람이라 좋은바람
임따라서 부는바람
달님보고 고향생각
홍시보고 엄마생각

발왕산의 기

하늘을 넘어 태양에 닿고 싶은 7.4km 케이블카
태고의 천년 숲길이 마중하는 1,458m 발왕산
작은 산봉우리들을 덮은 구름은 신비의 바다가 되고
어둠을 뚫고 나온 새내기 별들은
하늘인 양 주목 나뭇가지 위에 사뿐히 내려앉는다
바람은 쉴 새 없이 세상의 고민을 휩쓸고 지나가니
덩그러니 나 홀로 남는다
하늘의 소리 듣는다
오감으로 느끼는 오묘한 자연의 소리다
새소리 물소리 바람 소리 파도 소리
숨소리 시간 소리 마음을 여닫는 소리
눈을 감고 마음을 비운다
한없이 난 작아지고
살아 숨 쉬는 이 순간의 소중함을 느끼니
자연과 난 비로소 하나가 된다
천년 숲길을 걸으며 팔왕의 기를 받는다
재물과 장수 사랑을 간구하며 마시는
한 모금의 발왕수로 뜻은 하늘로 통하고
마음은 두 손을 모은다

봄동

고운 눈빛으로 내 안에 속삭이는 봄날같이
풀 한 포기 없는 황무지에도
발 디딜 곳 없는 푸서리에도 희망이 싹튼다
봄동처럼

노지의 겨울은 혹독해도 겨울은 봄을 이기지 못하고
봄동은 찬이슬에 젖어도 상큼하고 푸르다
청춘같이

꽃길 따라 남쪽에서 들려오는 봄소식이
퍽이나 정겹다
봄동은 된장에 발라 머거도 솔차니 만나당께
그라코롬 머그먼 쓰가니
전이나 겉절이로 해무거야
머시냐 혀끝으로도 서둘러 온 봄을
만나 볼 수 있다 안 허냐
봄똥이 봄을 깨운다

봄의 소리

아주 작은 떨림으로 들릴락 말락 속삭이는 봄의 소리
바람에 실려 오는 봄 향기에 내 가슴이 뛰는 소리고
마른 대지의 풀섶을 헤치고 고개 내민 새싹의 소리다

마음이 열려야 들을 수 있는 반가운 소리고
조용히 귀 기울여야 들리는 생명의 소리다

작은 소리가 아닌 땅을 뚫어 천지를 진동케 하는
큰 울림의 소리니

봄을 시샘하는 바람의 소리가 가슴을 스치기만 해도
꽃향기 그윽한 봄의 소리는 내 마음을 흔든다

봄의 이름으로

꽃잎 하나가
살며시 내 가슴에 파고들더니 봄이라 하네
봄의 길목을 지키던 하얀 목련이
개나리 벚꽃과 함께 하늘하늘 춤추며 봄을 노래하니
봄의 향연에 초대받은 살구꽃이 라일락꽃이
세상을 향기로 물들이네
꽃잎이 지고 봄이 가면
열매 맺지 못한 꽃들의 아픔을 그 누가 알까마는
언제까지나 꽃잎 하나의 소중한 꿈이
바람에 휘돌지 않게
꽃의 향기를 내 가슴에 남겨 놓는다
봄의 이름으로

비나리 산마루

사시사철
꿀벌이 꽃을 찾는 봉화의 땅
비나리 산마루에 오르면
하루가 별나다

아침이면
이나리강의 안개를 허리춤에 둘러
흰 구름 따라 산 마실 다니고

저녁이면
쏟아지는 밤하늘의 별빛을 모아
반딧불이로 어둔 밤을 밝힌다

청정 산마루라서
원시 자연의 숨결을 느끼며
꽃잎처럼 펼쳐진 산모퉁이를 돌아
낭만의 옛길을 걷다가

한 송이 연꽃으로 피어나
바람도 즐거이 춤추는 풍락산 자락에
온갖 시름을 다 내려놓고 나니
별천지의 풍광이 이백을 부른다

비의 이름

새벽안개가 이른 아침을 붙잡고 있는 사이
창문 밖 토란 잎사귀의 은구슬 구르는 소리가 흥겹다
또르륵 또르륵 누가 왔다 간 것일까

보고 싶다고 비는 한결같은 마음에
하늘이 감동하여 흘린 눈물로
내 마음이 젖으면 그의 이름을 생각한다

보일락 말락 사랑을 속삭이듯 소리 죽여 내리는 안개비
구름이 상처받은 마음을 달래며 슬퍼서 내리는 여우비
어둔 밤에만 몰래 살짝 왔다 가는 도둑비
간절한 마음을 용케도 들어 주듯 오는 단비

하염없이 비가 오는 날엔
기억의 강가에서 너의 이름을 부른다
문득 떠오른 이름 속에 그리움은 비에 젖고
잊혀진 얼굴로 난 빗속을 거닌다

빗소리

작달비가 내린다
빗소리가 가슴을 두드린다
똑 똑

새벽에 내리는 비는 꽃잎에 숨은 음표를 꺾어
은방울을 굴리며 아침을 연다
또르륵 또르륵

비다운 비는 밤에 내린다
어둠을 이기지 못해 흘린 눈물로
주룩 주룩
비는 가슴에 담아 두는 게 아니라
말끔히 씻어내는 거라며
뚝뚝 뚝뚝

소화다리

여자만이 부른다
갯벌 위에 무지개 꿈 그려놓고 열두 방천 휘돌던 강물아
짓궂은 바람이 울먹이며 추적추적 비 오는 날
생각나는 너 소화다리

가슴에 사무친 역사의 눈물이 흐른다
고비 고비마다 다리 밑으로 산화한 꽃잎이 그 얼마이던가
선홍빛으로 가득한 그 강물을 태백산맥은 알고 있어
꿈을 잃은 망각의 그날들을

제석산의 향기로운 바람이
뻘밭에 누운 통통배를 깨우고 갈대숲에 그리움을 숨기니
들몰에서 부는 살가운 바람이 세월의 두께를 벗기고
떠난 정을 가슴에 품은 이들이 다리 건너 회정을 찾더라

모진 세월 속에 진실에 눈감고 작은 꽃이라 한 그 이름
오염된 역사에 점을 찍고 시들지 않을 한 송이 꽃을 위해
깨어난 역사가 다시 부른다
부용교라고

수고송

어제는 혼자여서
가슴이 휑하니 외롭다고 하더니
오늘은 혼자라도
괜한 가슴 졸이지 않아 좋단다

한겨울 하늘 아래 홀로 외로운 한 그루 소나무는
차가운 달빛에 졸고 있어도 고고한 멋이 있나니

독야청청 소나무는 솔잎에 봄바람을 한가득 담아
사시사철 푸른 꿈을 꾸고
언택트의 새로운 세상은 나 홀로 집콕 혼밥 거리 두기로
한 그루 나무처럼 살라 하니

너와 난 홀로 아리랑을 부르다
볼 수 없어 더 그리운 푸른 세상을
마음의 빈 뜰에 그린다

수리재 뜨락

청우산 끝자락 오지 산골 마을
땅거미가 태양을 삼키면
아무도 찾지 않는 별들의 고향이 된다

반짝반짝 빛나는 별 큰 별이 작은 별을 만나고
빛으로 사랑을 속삭이는 반딧불이 세상이 된다

산 너머 산 너울에 하늬바람 불고
산새들의 재잘거림에 하늘과 땅이 열려
태고의 자연이 된다

은은하게 들려오는 산사의 목탁 소리
계곡 따라 흐르는 물이 되고
풀벌레 소리와 어울져 에덴의 향기가 된다

한가로운 심상
시간이 멈추어 버린 수리재 뜨락에선
삶의 무게가 작은 새털 되고 새벽 공기가 된다

온천수

깊고 깊은 모성의 바다에서 끌어올린
가슴 벅찬 기쁨의 눈물인가

인고의 세월을 기다려 온
그리움을 풀어헤친 한의 응어리인가

식지 않은 사랑을
태고의 자연이 세월로 감싸안아 뜨겁고

꾹꾹 눌러 참아온 서러운 눈물이
봇물 터지듯 분출하니 시원하다

뜨겁고 시원한 신비의 생명수에
온몸을 적시고 나면
오월의 꽃망울이 가슴에 맺힌다

영시의 산책

어둠이 낙엽처럼 쌓이면
희미한 별빛 너머의 그리움이 영시로 흐른다
영은 무다
스치는 바람이고 쓸모없는 마른 막대기다
무에서 온 생명의 신비
작은 별이 되어 하늘로 간 무
인간은 누구나 영에서 모태를 통해
한 줄기 빛으로 세상에 나오고
1에서 9의 숫자 쌓기로 아등바등 힘겨루기하다가
기껏 영 하나 보태고 영영 눈 감는다
무는 흙이다
자연 그대로의 본이다
돌아갈 고향이다
영시의 별밤 지기는 순백하다
흙길에서 떨어진 별똥별에서도 무를 만난다
영시는 오롯이 혼자만의 시간이지만
님과 함께 마음의 뜨락을 걷는 순례자는
고독을 즐긴다

찬 공기

서로가 등 돌린 가슴에 희망의 불꽃이 꺼져 가면
한겨울 시베리아의 찬바람이 가슴을 파고든다

자꾸만 삶이 무거워지고
가슴이 얼어붙어 냉정해지니
입이 비틀린 모기마냥 말문을 닫는다

달무리로 스멀스멀 마음 벽을 쌓은 찬 공기
흐린 달빛 사이로 흘린 눈물이 가슴을 타고 흐르니
남은 정마저 멍이 든다

첫눈이라서

왠지 모를 기다림에
괜스레 발걸음이 빨라지고 가슴이 뛴다

반가운 백년손님 마중하듯
온종일 버선발이다

첫눈이라서 갈팡질팡 길을 찾기 힘들었는지
낯가림을 하는지 오는 듯 마는 듯
언 발에 오줌 적시듯 내려도

그대 가슴에 살포시 안기는 첫눈이라서
첫눈에 반하긴 했나 보다
상처로 얼룩진 나의 허물들마저
어느새 하얗게 된 걸 보면

초록낙엽

못다 핀 한 송이 꽃의 날개 없는 추락
마른하늘의 날벼락이니 비명이다

낙엽 따라가버린 어느 가수의 노랫말처럼
아픈 청춘의 마음을 그 누가 알까

낙엽이 지면 꿈도 따라 떨어지고
꿈을 잃으면 세상의 빛도 사라지는가

어쩌다 낙엽이 된 초록
시들지 않는 미완의 꿈들이
알알이 가슴에 맺힌다

커피, 시가 되다

커피 한 잔으로도 일상이 행복할 수 있고
시고 짜고 달고 쓴 인생의 맛을 느낄 수 있다면

꽃향기 머금은 예가체프로 봄날의 청춘을 그리워하고
하트를 띄운 라떼의 강에서 향기 그윽한 시어로
사랑을 낚을 수 있다면

한 방울 한 방울 커피의 눈물이 긴 밤을 타고 흘러
지울 수 없는 진한 그리움으로 가슴에 녹아든다면

커피는 시가 된다

파도소리

처얼썩 처얼썩
물멍 때린 아린 가슴에 남아 하얀 기억을 깨운다
흰 파도 속에 눈물을 숨긴 수평선은
가슴으로 밀려오는 그리움을 소리로 녹인다
심장이 터질 듯 허리를 감싼 거친 숨소리
망각의 끝에서 바다는
물거품의 꿈 사이로 아픈 기억을 덮고
가슴은 봄날의 추억을 붙잡고
서럽게 요동친다
처얼렁 처얼렁

휘파람 소리

알 듯 모를 듯
뽀얀 입술 사이를 비집고 나온 소리라서
어쩐지 아리송하다
흥이 나서 흥얼거리는 소리고
외로워서 뒤척거리는 소리다
심쿵한 노래가 되어
그리움을 가슴의 언어로 토해내
내 안의 고독을 깨운다
귓가를 맴도는 고운 멜로디로
님의 가슴 멍들게 하니
산까치도 신이나 기쁜 소식 입에 물고
하늘을 난다

제3부
사랑의 이름으로

가을비는 가슴에 내린다

밤하늘의 수많은 별들도 모래알 같은 사연들을
가슴에 하나하나 품어 두기는 힘들었나 보다

너와 나의 가슴 적시는 아픔마저도 뜨거운 여름 햇살로
감싸안아 반짝이는 별 하나에 숨겨 두더니
하늘도 그 마음을 헤아렸나 보다

떨어지는 빗방울 소리에 날개 잃은 여름을 가슴에 담는다
팔팔하던 기운은 감쪽같이 사라지고 여름이 시름시름 앓는다

올 때는 거드름을 피우며 큰소리치고
세상을 깜짝 놀라게 하더니만 갈 때는 말이 없다
냉정하게 뒤돌아보지 않으니 간담이 서늘해진다

여름이 빗물 되어 흘러내린 젊은 날의 추억들
가물거리는 기억 속에 여름을 망연히 실어 보내고 나면

희미한 별빛마저 삼켜버린 밤하늘이
왠지 낯설어 잠 못 이루는 밤
공연히 가을비가 내 가슴에 소리 죽여 내린다

가을이 외로운가요

가을 하늘 속에 푸른 바다가 반짝이는 별인 양 들어와 눕더니
갈매기가 전하는 파도 소리가 그리워 쪽빛 하늘을
정처 없이 떠다닙니다

온종일 돌아다녀 봐도 바다는 말이 없고 정적만이 흐릅니다
그리움이 썰물 되어 멀어져 가면 외로움은
밀물 되어 오나 봐요

그리움은 떨어지는 빗물에 젖고 외로움은 그림자 뒤에 숨어 있어요
가을 하늘이 검푸르게 짙어 갈수록 외로움이 깊어지는 것처럼

가을이 외로운가요 바람 부는 날은 창가에 앉지 말아요
힘없이 이리저리 허공을 나는 잎새에도
괜한 눈물 흘릴 수 있어요

비가 오는 날은 인적 뜸한 강가를 혼자 걷지 말아요
빗방울 소리만이 톡톡 튀어 가슴에 홀로 남아요

가을이 외로운가요
처연하게 비에 젖어 가슴에 달라붙은 것은 낙엽 때문만은 아닐 거예요
외로움의 등 뒤에 버티고 서 있는 그대 향한 그리움일 테지요

감꽃이 떨어지면

시골집 마당 한 켠을
보란 듯이 당당히 지키고 서 있던
감나무 한 그루

두 팔 벌려
늦은 봄 햇살을 용케도 피하도록
그늘막이 되어준 고목에 꽃이 피었다

부끄러운 얼굴 내밀지 못해
잎사귀 뒤에 숨어서 수줍게 웃는
순수해서 소박한 꽃

그 꽃 보려 평상에 누워 하늘을 보면
고깔모자 쓴 감꽃이 별처럼 반짝이고
새끼 부르는 어미 소 울음소리에도
감꽃이 놀라 눈 뜨니

떨어진 감꽃으로 예쁜 꽃목걸이 만들어
빛바랜 사진 속에 걸어 놓는다
행여 감꽃이 눈꽃 되어 가슴에서 녹을까 봐

귀천

한 사람이 머나먼 길을 떠났다
돌아온다는 한마디 말도 남기지 않고서

다들 울고 있는데
태연히 아무렇지 않은 듯 호탕하게 웃으며

다 그렇게 살다 가는 거라며
그동안 정말 고마웠다고

한 사람이 보이지 않을 뿐인데 세상이 텅 비고
바람마저 갈 곳 몰라 잠잠하니 이를 어쩌나
별빛은 가물가물하고
남은 건 눈물 젖은 하얀 손수건뿐이니

그리움

속절없이 세월은 지나가도
어제의 따뜻한 기억은 가슴에 흔적을 남긴다

아지랑이처럼 피어오르는
봄날의 기억 속에서 꿈틀거린다

잊혀지고 멀어져 가는
시간과 공간 속을 유영한다

지난날의 빛바랜 기억 속에서 홀로 눈물지으며
세월의 간극을 메워가는 발자국으로

어느 날 불쑥
눈물 젖은 가슴에 남겨진 몽환처럼
그리움은 엄마의 향기로 피어난다

깐부

한겨울 차디찬 길거리의
따끈한 붕어빵처럼 군고구마처럼

가슴엔 따뜻한 이야기가
맞잡은 손엔 정이 흐른다

깐죽대지 않은 동무라서
관포지교의 친구라서
함께하는 우리라서

항상 넌 내 편일 테니까
너와 난 깐부

이제 오징어 게임 속 친구는
하나둘 보이지 않아도

그때 그 골목길엔
지금도 무궁화꽃이 피었습니다

깻내

우연의 씨앗이
인연으로 가슴에 꽃을 피우니
모진 바람에도 촛불은 꺼지지 않고
그날의 기억이 마음속 그리움으로 되살아나
달달 깨를 볶지 않아도 깻내가 난다
인적 뜸한 산골짜기에 피어난 야생화처럼
사람다운 사람에게서 나는 깻내음
세월로 빚고 사랑으로 숙성한
내 삶에 위로가 되는
그대 향기다

꽃과 비

소리 없이 내리는 가랑비의 꽃잎 구르는 소리에도
활짝 핀 꽃은 화들짝 놀란다

놀란 가슴에 눈은 휘둥글 하고 입술은 떨어도
입가엔 엷은 미소다

비는 꽃에게 속삭이듯 다정하게 소곤거린다
나로 네가 행복할 수 있게
비를 너의 가슴에 묻겠노라고

꽃은 비에게 향기를 남기고 떠날 내가 약속해도
소식이 없으면 궁금하고
안 보면 보고 싶어 그리울 거라고

봄을 안고 가는 비에 핀 꽃은 향기마저 슬픔에 젖고
빗방울 자국만이 아픈 가슴에 남아
웃고 있어도 눈물이 난다

꽃잎의 상처

눈에 보이는 상처보다
가슴에 남는 보이지 않는 상처가 깊고도 무겁다

때가 되면 겉 상처는 아물지만
고통은 속마음에 남아 가슴을 저민다

절망의 끝에서 피어난 희망을
고생 끝에 오는 즐거움을
꽃들이 어찌 알까마는

고통이 체화된 간절한 믿음과
가슴 깊이 묻어둔 그리움으로
꽃망울은 피어나니

때 이른 봄바람에
꽃잎의 상처로 서둘러 핀 꽃이 더 향기롭고

가슴에 남은 잔설로
봄을 봄이라 말 못하는 까닭이 더 애잔하다

기

사람은 기로 산다
기죽지 않으려 기를 쓰기에
기가 빠지면 채워야 한다

기를 받고 태어나 기를 쓰고 살다가
기가 없어 죽는다

넘치면 기고만장하고
적으면 의기소침하며
빠지면 기진맥진한다

용기로 난관을 헤쳐 나가니 의기양양이요
혈기로 서로를 하나로 모으니 의기투합이며
활기로 기분 좋은 새벽을 여니 원기왕성이다

달이 차면 기울듯 기도 차면 꺾이지만
기가 막히면 사리 분별을 못한다
어이가 없다는 것인지
좋다는 것인지

상쾌한 공기를 마시니 가슴에 생기가 샘솟고
빛 고운 윤기가 흐른다
기막힌 하루다

기다림

아스라이 먼 곳을 바라본다
느낌으로 아는 공간의 변화를 시간 속에 담는다

기다림은 아직 속에 그대로 멈춰 있다
흐르는 세월 속의 지금 여기에

기약 없는 기다림이 아니다
펴지 못한 날개처럼 잔뜩 웅크리고 있는 거다
더 높이 날기 위해

겨울에 붙잡힌 산기슭의 잔설처럼
눈 뜨기 위해 천년의 세월을 묵묵히 참아 낸
한 톨의 씨앗처럼

다름의 미학

낙엽
눈으로 보는 것과 마음으로 느끼는 것이 다르다
타다 남은 재로 버려지는 것인지
가슴속에 남겨지는 것인지

수평선
바다와 하늘이 함께 손을 맞잡고 있는 것 같지만
바다는 해를 겨우 삼키고
하늘은 해를 기꺼이 품는다

어둠
별빛마저 사라지면 빛나는 새벽이 온다는 믿음도
빛이 없는 길에서 느끼는 것은
절망 속의 절대 고독과 실낱같은 한 줄기 희망이다

찰나
때론 간발의 차이가 역사와 운명의 물줄기를
삶과 죽음을 뒤바꾼다

문틈
달빛과 별빛은 틈새로 만나고
사랑의 크기는 떨어진 그리움의 거리에
반비례한다

남겨 둔 마지막 눈물

흘린 눈물이 상처 난 날개를 적셔
날지 못한 여린 새는 어미를 잃었다
차가운 어둠이 창밖에서 서성거리고
뚝뚝 떨어지는 빗소리가 처연하다

아무것도 남은 게 없어 허허롭다
눈에 보이는 것은 그저 흐르는 눈물뿐
빈 하늘에 떠는 외로움이
보이는 세상을 온통 하얗게 도배질한다

이젠 볼 수 없게 된 얼굴
가슴이 미어져 까맣게 탄다
시시때때로 밀려오는 무거운 회한에
넋 놓아 슬피 운다

노랑나비와 춤추듯 떠난 하늘 여행길
실바람 불어 흔들리는 꽃향기에
하늘 문이 스르르 열려도
눈물에 빛을 잃어 차마 볼 수 없다

남은 눈물 한 방울이
아픈 기억의 그림자로 아롱거리며
눈꺼풀에서 떨어지지 않으려 발버둥 친다

그 눈물이 마르면
남은 그리움마저 이슬처럼 사라질까 봐
마지막 눈물만큼은 한사코 남기고 싶은 거다

돌계단의 추억

한 계단 한 계단
차곡차곡 쌓인 세월을 즈려밟고
오르고 또 오르면

나는 바위 너는 보
가위바위보에 순백의 빛깔로
농익은 사랑이 떠오르고

내 한 잎 네 한 잎
아카시아 꽃잎 떨어뜨리던
옛 시절의 그리움이 꿈틀거리면

추억은 돌계단에 똬리를 틀고
흘러간 세월은 아픈 사랑을 붙잡는다

마주 보는 눈빛

나는 나대로 너는 너대로
눈빛이 머무는 것만 본다

난 옳고 넌 틀렸다며
한사코 고개 돌려 우긴다

나는 너에게 너는 나에게
투명한 거울이 될 수는 없을까

치부를 다 드러내 찢기고 상한
상처투성이의 볼품없는 모습으로도
서로의 마음을 안아 줄 수 있게

꽁꽁 얼어붙은 마음 한구석을
마주 보는 눈빛으로 감싸 녹이는 다정한 햇살
뭐라 말하지 않아도 심장이 울먹이는 가쁜 숨소리
사랑의 오라를 아픈 가슴이 느끼노라면

얼음장 밑으로 쉼 없이 소리 죽여 졸졸 흐르는
개울물 소리 듣고 오는 봄이
어이 정겹지 아니할까

말모이

발 없는 말이 천 리를 가던 시절에도
사람이 모이는 곳에 말이 모이고
말이 모이면 뜻이 모였다

뜻이 모인 말은 정신이고 글은 생명이라
빼앗기지 않으려는 처절한 몸부림을 보았다
영화 말모이

뼈 있는 말
무심코 던진 한마디 말이
가시가 되어 가슴을 찌르기도 하고
흘린 눈물을 닦아 주기도 한다

속 깊은 말
마음속 깊이 따뜻함이 배어 나오는
진솔한 한마디 말에 세상은 아름답다

철없는 말
입맛에만 맞추려는 얄팍한 말의 가벼움은
텅 빈 하늘을 기웃거린다

듣는 대로 가슴에 차곡차곡 쌓이는 말
말들이 한 데 모이는 명절날이면
놀이처럼 즐겨도 좋은 말모이

괜찮아 속에 응, 그냥, 그래 맞아, 좋아를
미안해, 고마워, 사랑해를 우리 안에 모았다

멋진 바보

벼랑 끝에서
외롭게 흔들리며 피어난 꽃은 향기롭고
필까 말까 망설이며 뜸 들인 못다 핀 꽃은
서글프다

잊혀진 계절이
희망으로 세월의 꽃마차를 타면 사람도 꽃이 되니
사랑의 눈빛으로 피고 지는 자연의 섭리 앞에
누가 돌을 던지랴

별 하나에 꿈을 심던 멋진 바보는
풋풋한 풀 향기로 오늘을 산다
영원히 살 것처럼

벗

먼 길을 돌고 돌아
오랜만에 정든 고향 찾아가듯 반가운 친구를 만난다
만남의 설렘이 한 마리의 연어가 되어
멈춘 시간 속을 거슬러 올라간다
본향을 만난다
가슴속의 그리움을 만난다
아랫목의 온기를 만난다
시종여일 어제 본 듯 그대로 마주 잡은 손이 따뜻하다
생생하게 마음 한켠에 남는다
거뜬히 기억 한 조각으로도 긴 밤을 새우고
돌아갈 수 없는 안타까움으로
추억 속에 오늘을 묻는다
벗이여
그댄 시들지 않는 꽃이다
신의 선물이다

비의 언어

은구슬 구르는 소리에 마음은 깃털처럼 허공을 날고
감당 못할 말의 가벼움에 가슴이 찢어진다

깊은 속마음에서
꺼내 놓고 가는 마지막 그 말이 무엇이길래
가슴은 멈추지 않는 비에 젖고
세상마저 흔들리게 했을까

간담이 서늘해지고
기가 막혀 어안이 벙벙해지는 비의 언어

정말 사랑했다
그동안 고마웠다
먼저 가서 미안하다

사랑 참 얄궂다

사랑은 쉽다
아니 어렵다
누가 사랑을 쉽다고 했나
사랑 없이 사는 건
희망 없이 사는 고통이다
헤어지는 것도
미워하는 것도
사랑의 또 다른 표현이다
심장을 꿰뚫는 강렬한 눈빛으로
사랑은 싹이 트고
뜨겁게 때론 차갑게 우리라는 이름으로 영근다
사랑 꽃은 얼굴에 피어나고
가슴엔 눈물샘이 흐르지만
사랑을 하면 누구나 바보가 된다
사랑을 모르는 바보는 눈물을 모르고
사랑밖에 모르는 바보는 지는 꽃을 모른다
어쩌다 사랑이 비를 맞으면
님도 남이 되는 세상
사랑 참 얄궂다

산다는 건

바람이 분다
바람이 불지 않은 세상은 쥐 죽은 듯 고요하다
정적만이 흐른다
산다는 건 바람의 길을 걷는 거다
순풍에 돛을 달고 역풍에서 길을 찾는다
파도는 바람의 친구다
수없이 넘어지고 상처받으며
가슴이 멍들고 타들어 가도 바람과 손잡고 동행한다
길 잃은 사슴의 선한 눈망울로
어둠 속에서도 빛나는 별빛을 보고 바람은 길을 낸다
길은 꿈이다
구름이 해를 가리고
바람이 해를 드러내듯이
기다림이 없는 꿈은 공허하다
내일의 해는 내일 뜬다
빈 마음으로 스스로 묻고 답하다 보면
여명이 흔들어 깨운 새벽 바다처럼
물 위로 뛰어오른 한 마리 숭어처럼
꿈틀거리는 환희로 가슴이 뛴다
산다는 건 그런 거다

아내

아내는 해입니다
해는 항상 웃습니다 웃으면 복이 굴러온다며
구름이 어쩌다 앞을 가려도
그냥 기다립니다

아내는 해입니다
바람은 해를 무척 사랑합니다
바람이 힘 자랑하고 다짜고짜 귀찮게 굴어도
그저 웃습니다

아내는 해입니다
해가 힘들어 땀 흘릴세라
바람은 종종 구름을 부르고
바람에 구름이 실려 가도 마냥 신납니다

내 아내는
내 안의 해입니다 스스로 해가 된 임금님처럼
해도 바람을 좋아합니다
나는 바람입니다

어머니의 기도

동이 트기 전의 꼭두새벽을
애타게 기다리시는 어머니 그땐 몰랐습니다
부뚜막에 정화수 한 그릇 떠 놓고
두 손 모아 비는 마음

무엇을 위해 그리 비는지
누구에게 비는지 그땐 몰랐습니다
주님을 모르면서도 하나님을 찾는 선한 믿음

순수하게 비는 마음 감사함으로 충만하고
간절함이 있어 받는 응답
그땐 몰랐습니다 주님이 행하심을

작은 믿음의 씨앗 한 톨이 때가 되면
곱디고운 꽃을 피워 축복의 열매 맺는 사실
그땐 몰랐습니다 그리운 어머니의 기도

우리

너와 내가 길을 걷다 갑자기 비 내리면
우리 우산 함께 쓸까

노란 은행잎이 떨어져 쌓인 벤치에서
정다운 얘기를 나누다가 말문이 막히면
우리 커피 한 잔하러 갈까

우리 속에 너와 나는
포근한 울타리로 하나가 된다

가슴으로 전해오는 불씨가 되고
고향의 또 다른 언어가 된다
우리 동네
우리 집처럼

작은 것의 소중함

작은 바람이 나뭇잎을 흔들어 새벽을 깨우고
희미한 달빛이 길 잃은 사슴의 앞길을 밝힌다

겨자씨보다 작은 민들레 홀씨가 광야의 바람을 만나면
세상을 꽃밭으로 만들고

시작은 미약해도 할 수 있다는 작은 믿음이 있으면
나중이 창대해진다

작은 촛불 하나가 둘이 모이면 횃불이 되고
함께 외침의 함성이 들불로 번지면
역사의 물줄기가 바뀐다

커피 한 잔으로도
마주 보는 눈빛이 촉촉하게 젖으면
가난한 마음이 행복하다고 말하는 소리가 들린다

볼 수도 만질 수도 없는 작은 것의 행복
가슴속에 담아두고 꺼내 보는
나만의 그리움이련가

장독대

햇살로 세월을 엮고 손끝의 정성으로
삶이 익어가는 장독대는 생의 버팀목이라
항아리는 앞줄에 올망졸망한 데
중들이는 가운데 빼곡히 들어차고
듬성듬성 큰 독이 뒷줄을 지킨다

열병식 보듯 장독대 바라보다
문득 남몰래 지졌을 엄마의 그 손끝이 생각난다
얼마나 아팠을까 아파도 가슴을 까맣게 태우고
살아 낸 삶이 아니었던가

주린 배를 붙잡고
냉수 한 모금으로 허기를 달래며 난 배고프지 않다고
그 말이 거짓이면 내 손에 장을 지지겠다고
거짓말을 할 줄 모르니 그 얼마나 가슴에 장을 지졌을까

무뎌진 손끝에 매달린
엄마의 한없는 사랑이 장이 되어 촉촉이 가슴을 적시고
장독대를 한가득 채우고 있다

참 소중한 사람

큰 산은 못생긴 나무가 지키고
실개천의 조약돌이 긴 강을 지킨다

빛나는 보석은 꿈꾸는 돌멩이에서 나오고
무심코 내뱉은 말 한마디에서 진심이 나온다

거대한 산을 물아래 감춘 빙산처럼
강렬한 눈빛에 은밀히 숨겨 놓고
사랑은 가슴으로 말한다

부족해서 채울 수 있어
너는 나에게
나는 너에게
참 소중한 사람이라고

첫눈에 반하다

첫눈은 처음이라서 서툴고
때를 전혀 모르는 철부지라서 제멋대로 온다

첫눈은 기다리다 지치고
설렘에 잠을 설친 어린 가슴에 살며시 내린다

누군가 손잡고 함께 걷고 싶은 날에
첫눈이 내리면 누구든 첫눈에 반한다

그저 아련한 첫사랑의 순간처럼
너도 나처럼
새하얀 마음일 것 같아서

첫 만남의 기억 속으로

홀로 외로운 가을의 끝자락에서
어느 날 한 줄기 햇살이
살랑살랑 여우비 오듯 바람에게로 왔다

섬광처럼 눈부신 빛의 황홀경에 빠져
한사코 바람은 눈을 뜨려 하지 않았다
그래도 햇살은 바람에게로 다가와
길을 열어 함께 걸었다 꽃향기 그윽한 길을

삭막하고 메마른 바람이 꽃잎에 머문
순수의 빛을 본 첫 만남의 기억 속으로
마음이 젖는 음악이 흐른다
엘리제를 위하여

물 한 모금 입에 물고 고개 들어 본 하늘
세월은 강산을 수없이 변하게 했음에도
햇살은 해가 되어 바람을 잠들게 하고
잠이 든 바람은 눈을 뜨지 못했다

찬바람에 떨어진 나뭇잎을 모아
그리움을 두고 가는 11월의 멋진 날
사랑이라는 두 글자로 가슴에 하트를 그리니

사뿐사뿐 걷는 내 마음속 꽃길에서
햇살은 살포시 바람의 어깨 위에 내려앉고
바람은 햇살을 말없이 감싸안았다

흔적

아무도 걷지 않은 길 위에 남겨진 발자국
가던 길 멈추고 돌아서서 보면 보이는
희미한 달빛의 그림자

보이는 건 축 늘어진 어깨
흐르는 세월에 녹아 아로새겨진 이마의 주름살

감출 수 없고 지울 수 없는 뒷모습에
사라지지 않고 가슴에 남아 아물지 않는 상처

영영 꽃이 피는 봄을 기억하는
빛바랜 인증 사진 속의 해맑은 웃음으로
그 흔적이 세월 속에 흐느끼는 소리를
무심한 바람결에 싣는다

제4부
어째야쓰까

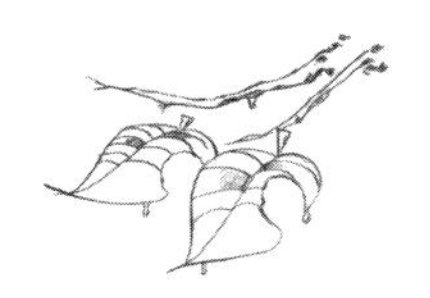

가끔은

가끔은 솔향 그윽한 호젓한 숲길을
나 홀로 걷고 싶은 날이 있다

초록의 나뭇가지 위에 동심을 매달고
뭉게구름 따라 흘러가는 추억을 부르면

문득 생각나 떠오른 이름이 그리운 얼굴이 되고
아련한 기억이 가랑비에 하릴없이 젖는다

한 잔의 커피보다 파전에 막걸리가 생각나고
허전한 가슴은 흘러간 옛 노래가 아우르니

가끔은 가던 길을 멈추고
시간을 비우고
때 묻은 겉옷을 벗는다

괜시리

괜시리
누군가 보고 싶어지고
무작정 혼자 길을 걷고 싶은 날
가을이 내게로 오더라

나뒹구는 낙엽을 밟고
흘러간 세월에 모닥불을 지피면
그리움 한 조각에 가을이 탈까

더 높고 깊어진 하늘 사이로
흰 구름에 두둥실 내 마음을 띄우면
가을이 홍시 되어 익을까

떨어지는 빗방울 소리 들으며
하릴없이 물멍 때리면
가을이 추억의 옛길을 걸을까

괜시리
그대 얼굴 그리다 말고
온다 간다 한마디 말도 없이
가을은 그렇게 가더라

제목 : 괜시리
시낭송 : 박영애
스마트폰으로 QR 코드를 스캔하면
시낭송을 감상할 수 있습니다

걱정, 8자를 그리다

길을 걷다 바람의 숨소리를 듣더니
나뭇잎이 흔들리고 비가 온다

가는 길에 갑자기 땅이 푹 꺼지는 싱크 홀을 만나고
느닷없이 잔잔한 미풍이 사나운 돌풍으로 변한다면

바람에 잎새가 흔들리다
졸지에 커다란 나무의 뿌리가 뽑히고
갈증을 적셔주는 단비가
예고 없이 폭우로 변한다면

걱정은 반갑지 않은 손님처럼 불쑥 찾아오는 것 같지만
버리지 못한 욕심 속에 늘 있으면서
눈으로 보고 들은 나만의 경험이
그려낸 그럴듯한 상상이려니

그 상상은 꼬리에 꼬리를 물고
동그라미 둘로 8자를 그리고서 밤새도록 돌고 돈다

괜찮은 이유

비는 와도 괜찮다 나를 흠뻑 적셔도 좋다
딱히 된바람만 맞지 않는다면
커피 한 잔으로도 시간을 붙잡아 둘 수 있거든

비가 와도 괜찮다 너를 흠뻑 적셔도 좋다
내가 너의 우산이 되고 싶은 날에는
동동주 한 잔으로도 너랑 함께 웃을 수 있거든

눈이 와도 괜찮다 온종일 펑펑 와도 좋다
가슴이 꽁꽁 얼어붙지 않는다면
하얀 눈꽃 한 송이로도 네 마음 그려 볼 수 있거든

바람은 불어도 괜찮다 때 이른 봄바람이어도 좋다
타다 남은 불씨가 꺼지지 않는다면
후우 부는 입김으로도 사랑을 확인할 수 있거든

이유는 많아도 괜찮다 이유에 이유를 더하여도 좋다
너로 인해 내가 존재하는 날에는
너의 눈빛 하나로도 나는 행복할 수 있거든

그 강가에 서면

인기척이 없고
바람 소리마저 곤히 잠들어 버린
고요한 그 강가에 서면 못내 숲이 그립다

작은 씨앗 하나 가슴에 틔워
고운 꽃을 피우며 웃고 울던
꿈결 같은 삶의 숲속

못다 한 이야기는 꽃이 되고
가슴을 오가는 정은 향기가 되어
덧없이 강바람에 무심히 흩날리니

해 질 녘 강물이 붉게 물들어
선한 바람이 그대를 유혹하더라도
그 강가엔 가지 마오

그 강 건너면
풀 한 포기 없는 삭막한 땅이라
꽃도 기쁨도 슬픔도 없는 무의 세상이려니

그 이튿날

오늘을 사는 우리는 그 이튿날을 모르다
어째야쓰까

알 수 없기에 오늘 한 그루 사과나무를 심고
내일의 날씨가 궁금하다

내일 없는 오늘이라면 간절히 기다려도 만날 수 없는
그 이튿날이지만

우린 어제처럼 오늘도
달이 뜨고 별이 지듯 암시랑토앙케

시향이 흐르는 카페에서 느긋하게
커피 한 잔의 여유로 낭만의 목마름을 채우고

가볍게 동네 한 바퀴 산책하듯
아무 일도 없는 것처럼 오늘을 배웅한다

눈멍

펄펄 내리는 눈을
아무 생각 없이 바라보면
눈송이 하나로 작아진 벌거벗은 자아
부질없는 욕심을 비우고 빈 가슴에 여유를 담는다
노을에 물들고 장작불에 태우고
장대비에 쏟고
함박눈에 날리는 멍때림
눈(目)이 눈(雪)으로 무아지경에 빠지면
내리는 눈은 한가득 가슴에 쌓여
철 지난 허물을 덮고
떠나지 못한 하얀 겨울의 그리움은
창밖의 봄을 잊고
가슴에 눈오리를 키운다

눈부처

거울처럼 맑은
너와 나의 마음이 흐른다
내 눈은 네 마음을 보고
내 마음은 비로소 눈을 뜬다
보면 본대로 거짓 없는 눈빛으로 말하고
삼라만상을
희로애락을
눈도장 찍어 가슴에 새긴다
눈에 넣어도
아프지 않을 애틋한 사랑을 꿈꾸는 봄날엔
간절한 청춘의 그리움이 아지랑이로 꿈틀대니
부처의 눈엔 마음의 바다가
내 눈엔 너만 보여

두 얼굴의 겁

겁은 두려움이다
슬픈 욕망 속에 꿈틀거리는 검은 그림자다
겁쟁이는 겁을 먹고 겁에 질리지만
아무렇지 않은 척 허풍을 떤다
겁 모르는 하룻강아지는 철부지라 겁이 없다
겁은 먹을수록 더 커진다
겁은 베일 속에 숨어 있어
알아갈수록 두려움이 쌓이고
두려움은 겁을 키운다

겁은 신기루다
집채만 한 돌덩이 하나를
잠자리의 날갯짓만으로
닳아 없어지는 데 걸리는 시간이 한 겁이다
겁이 쌓이면 억겁의 세월이니
그 끝을 알 수 없으나
신통방통
사랑 앞에서 겁은 무용지물이다
꽃 피는 봄날이
겁 없는 청춘이
한없이 아름다운 이유다

뒤끝

묻지도 따지지도 않고
금세 이름을 바꾸려나 보다
불러도 대답 없는 그 이름

생뚱맞아 부르기 힘들거나
뭔가 떠올라 꺼림직하고 격에 맞지 않으면
바꿀 수도 있다지만

가을이 여름의 위세에 놀라 제구실을 못 하더니
애꿎은 이름을 바꾸려 하네
추석을 하석으로

때가 되면 가을이야 오겠지만
열받은 지구가 뿜어낸 열기로
여름의 뒤끝이 아리송하니 경고일까 해프닝일까

마음의 쉼표

손끝 하나 까딱하고 싶지 않은 날이 있다
내가 왜 이리 사는지 몰라
삶이 힘들고 고달프거나 서글퍼서가 아니다

어느 날 불쑥 내 안에 찾아온 나
아등바등 앞만 보고 살 때는 몰랐다
해가 뜨고 달이 지며 가는 하루의 소중함을
언제까지나 내 곁에 머물 줄 알았던 인연들을

혼자라는 외로움으로
서 있을 힘조차 남아있지 않을 때
쉼은 삶의 여백에 남겨진
일상의 일탈이 주는 유일한 선물이다

무미건조한 일상의 삶을 깨뜨려
흘러간 지난날들을 돌아보고 만나는
아침 햇살의 눈부심

고요한 강물 위에 물수제비 띄우듯
내 마음의 무거운 짐을
가볍게 들어 올린 쉼표 하나다

맥문동의 꿈

매가리 없는 발걸음으로
엉거주춤 굼뜨며 걷는 맥 빠진 하루
가슴이 뛰지 않으니 동트는 새벽도 반갑지 않다
이런 날엔 가슴에 잠든 꿈을 깨우고
맥문동을 바라보는 것만으로도
죽은 맥이 꿈틀거린다
보리의 뿌리처럼
한겨울에도 시들어 죽지 않는
진시황도 몰랐을 꿈의 불사초
보라는 사랑이고 보랏빛은 사랑의 눈빛이다
눈물방울 녹여 슬픔을 이겨낸 고귀한 삶이
생의 맥이고
우아하고 당당하게
신비스러운 몽환의 빛깔로 물든 세상은
푸른 꿈이다
보란 듯이 고난의 겨울 문턱을 넘고서
봄날의 화려한 세상을 알리는 꽃가루처럼
맥문동의 꿈은 화사하다
언제나 가슴이 뛴다

벽에 걸린 바다

산은 바다를 부르고
바다는 산을 찾았다

첩첩산중 강원도 두메산골
산새들의 자장가 소리에
키 큰 나무가 졸고 있는 틈을 타
바다는 산으로 와 벽에 누웠다

산으로 온 바다는
철썩철썩 파도치는 소리 듣고 싶어
시름시름 여름을 앓고
하늘이 바다를 만나 합력하여 만든
수평선 위로 내 마음을 띄운다

바다가 보고 싶어
바다를 닮고 싶어
여름 내내 벽에 걸어 둔 바다에서
퐁당 소리 하나 못 듣고
내 마음만 빠졌다

불현듯

어둠의 적막을 깨고
슬며시 고개 내민 햇살처럼
문득 가슴 한구석에
그리움이 피어오르더니

뜬금없이
너의 얼굴이 떠오른다

노을빛에 날개 접은 하루가
스멀스멀 저물어가고
불안한 영혼이 어둠 속에서
길을 잃고 서성이더니

느닷없이
너의 이름이 생각난다

가을인 갑다
불현듯 마음은 연어처럼
시간을 거슬러 추억으로 가는
열차를 탄다

소금 한 톨

맑고 고운 햇살로 빚어
수정처럼 빛나는 신비한 하늘의 선물이
태양의 왕관을 쓰고
밤하늘의 별처럼 반짝인다

한 송이 눈꽃처럼
언제나 그대로일 것 같은
사랑을
사람을
한 톨의 소금이 말한다

바닷물은 짜도
바다는 인색을 모르고
소중한 지금이
아끼고 아껴야 할 소금이니
간 보지 말라고

소나기

태양의 열기가 턱 밑에서 가쁜 숨을 몰아쉬면
구름도 가던 길을 멈추고
바람이 몰고 온 소리를 듣는다

주르륵주르륵
주룩주룩
죽죽

황급히 왔다가 슬그머니 사라지는
갈 길 바쁜 방랑자처럼
발걸음이 잽싸다

스치듯 지나가도
내리는 비에 마음은 젖어들고
실바람 타고 온 구름은 다시 온다 기약도 없이
먼 여행을 떠나지만

기척도 없이
쏜살같이 왔다 간 소나기처럼
불쑥 내 안의 봄날은 간다

슬픈 잡초

거친 파도가 노을 진 가슴을
하얗게 부수는 세월의 바다에서
갈매기가 전해 주는
한여름 밤의 낭만은 부질없다

오늘은 어디로 갈까
마땅히 갈 곳이 떠오르지 않는다
그저 하루해가 길기만 하다

정처 없이 떠도는 부평초처럼
뿌리내리지 못한 삶이라서
눈뜨는 새벽이 두렵지 않으면
이제 행복할 수 있다지만

찬 서리에 고개 숙인 슬픈 잡초라
차마 부를 수 없어 서글픈 그 이름을
눈물로 가슴에 담아 쓴다
임계장이라고

엇박자

모처럼 세차를 했는데 뜬금없이 비가 오고
비가 와서 우산을 샀는데 바로 해가 뜬다

길이 막혀 막 돌아가는데 공사 중 표시가 보이고
약속 장소에 늦지 않게 도착했는데
아뿔싸 오늘이 아니다

오늘이 이런 날이라 서둘러 집으로 갔는데
어제 바꾼 현관문 비번이 생각나지 않는다

오늘의 하루

누구에게나
공평하게 꼭 같이 주어진 오늘의 하루

달콤한 선물일까
쓰디쓴 헛물일까

내 안에 있는 그대가
웃고 있는지 울고 있는지

내 마음이 들려주는 응답은
그때그때 달라

선물 같은 하루
그대가 웃는 오늘이다

옹이

등 돌린 가슴에 남겨진 정 하나 때문에
눈물 자국 응어리가 옹이가 되어
마음 한구석에 터 잡는다
크든 작든
누구나의 가슴 속엔
소리 내어 울지 못한 옹이가 산다
아물지 못해
옹이는 썩거나 죽지 않고
희미한 기억 속에 뿌리내려
살금살금 커 간다
잊지 못할
한 점 그리움으로

운

천운은 하늘에서
비운은 땅에서 뜬구름을 잡는다
하늘은 뜬구름으로 행운의 무지개를 그리고
땅은 뜬구름이 감춰둔 눈물로 가슴이 젖는다
운은 무심코 길을 걷다
걸려 넘어진 돌부리에도 있다
다치면 불운이나 괜찮으면 행운이다
행운은 짧고 불운은 길다
행운은 빛의 속도로 왔다가 사라지고
불운은 예고 없이 불쑥 찾아와 떠나갈 줄 모른다
모가 되든 도가 되든
운칠기삼을 믿고
내 마음의 윷가락을 던진다

위로의 한 마디

무겁다고 답답하다고
슬프다고 아프다고
털썩 주저앉아 가슴을 치면

축 늘어진 어깨를 토닥여 주는
따뜻한 한마디 말

괜찮아
잘될 거야
누구나 다 그래
그럴 수도 있어

말없이 바라보고 이야기를 들어주며
그냥 맞장구만 쳐 주어도
꽉 막힌 가슴은 뻥하고 소리를 낸다

잃어버린 장갑

방금까지 양손에 끼고 있었던 장갑의 한 쪽
언제 어디에서 잃어버렸는지
도통 생각나지 않는다
내 마음에도 겨울이 찾아온 걸까
입안에 고드름이 생겨 말이 서투니 세상이 낯설다
기억은 하얀 눈보라를 일으키고
가슴에 쌓여 설산을 이룬다
어찌어찌 장갑은 찾았어도 다음은 또 그다음은
무엇을 또 잃어버리게 될까
봄이 사라진 동토의 긴 겨울이
내 안의 나를 잃고 맥없이 빈둥댈까 두렵다

입에 발린 소리

괜찮아, 그럴 수도 있지
싫어도 좋은 척
알아도 모르는 척
보고도 못 본 척
능청스럽게 속마음을 숨기는 낯 두꺼운 세상의 언어
톤이 낮고 부드러워
입술에 꿀을 바른 듯 감미롭다
입에 발린 칭찬의 소리는 고래를 춤추게 하고
입에 바른 침잠한 소리는 잠든 세상을 깨운다
꽃잎으로 가시를 숨긴 장미처럼
그대 덕분에 세상이 아름다운 거라고

인생 뭐 있나

가고 오는 세월의 길목에서
춘하추동을 만나더라

나비의 날갯짓으로 오는 화사한 봄
다홍치마의 젊음이 살아 숨 쉬는 여름
라떼 한 잔의 추억이 꿈틀거리는 가을
마지막 잎새도 봄을 기다리는 겨울

바라만 보아도 좋은 그대와
사랑의 노래를 목 놓아 부르며
아침을 열어 행복한 오늘을 꿈꾸고
자유로운 영혼에 감사한다

차 한 잔의 여유로 빈 가슴을 채우고
카페의 흐르는 음악에 나를 맡기면
타다 남은 재에서 문뜩 떠오른 삶
파도는 내 귀에 쉼 없이 속삭인다

하늘을 보라 한다
언제나 푸르기만 하더냐고
그것이 인생이라고

절연

빛의 고리를 차단한
언어의 칼끝이 심연에 꽂히니
어둠이 고요를 덮고

때문이라는 담쟁이도 넘지 못할 얼음벽이
말문에 빗장을 건다

이제 그만 여기까지라고
더 이상 서로 아파하지 말자고 끊은 선

막힌 말문으로 억장이 무너지니
어둠을 깨우는 기적소리마저 녹슨 선로에 잠들고
숲은 숯이 가슴은 재가 되어 하늘이 노랗다

젊은 그대

오늘은
살아가야 할 날들 중에서 가장 젊은 날
꿈을 꾸며 오늘을 시작하는 사람은
늙지 않는다
마음이 청춘이라면
그 마음속에 또 다른 나 젊은 그대가 산다
별들이 울지 않는 날
그대의 젊음을 깨우는 것은 바로 오늘
떠오르는 태양을 가슴에 품는 일이다
오늘이 어제와 다르더라도 내일보다는 언제나 젊다
꿈과 사랑으로 젊은 그대는 눈뜬 오늘에 산다
누구나의 가슴 속에서 꿈틀거리는
아름다운 청춘은 기억을 훔치지 않는다

철없는 봄꽃

꽃은 바람의 말을 듣는다
바람이 꽃잎에 속삭이는 소리를

바람이 아직은
때가 아니라고 기다리라 했는데
철모르는 개나리, 진달래가
서둘러 꽃을 피운다

한겨울 속의 봄꽃
꽃들이 어떻게 알았을까
일등만이 박수받고 살아남는
암울한 세상의 이치를

함박눈이 내려야 하는 때에 오는 겨울비
철없는 봄꽃은 봄을 재촉하는 비라 좋아했다

언제부턴가
바람의 소리를 믿지 못한 꽃잎
비가 오는 날은 언제나 봄인 줄 알았다

촛불

끝 모를 어둠의 긴 터널 속에
보석처럼 반짝이는 별 하나
가슴에 빛난다
촛불은 말 못할 긴 한숨을 녹이고
외로운 빈 가슴을 어루만지는 희망의 별빛이라
촛농에 소리 없이 흘러내린 눈물이 마냥 서럽다
촛불로 마음이 하늘로 향하면
누구나 보잘것없이 초라한 마른 막대기가 되고
경건해진다
촛불은 생명의 빛이니
모진 비바람에도 꺼지지 않고
영원한 사랑의 눈빛으로 가슴을 태운다

홀가분

후두둑 후두둑
소낙비가 지나간 뒤
맑게 갠 하늘은 가볍다
커피 향 짙은 카페에 남겨진 시간의 여백처럼
밀린 숙제를 다 한 것처럼
님에 점 하나 찍고 느끼는 그런 기분
추억의 흔적을 지우고
미련을 두지 않아 후련하다고
앓던 이가 빠졌다고
어디론가 훌쩍
나 홀로 떠나고 싶은 날의
이런 마음

■ 갈무리 글

태양은 검은 먹구름을 벗어나야
세상에 희망의 빛을 선물할 수 있다
줄탁동시로 눈을 뜬 병아리처럼

처음이자 마지막이 될지 모를 이 시집을
사랑하는 딸의 시로 갈무리하련다

아빠의 기침

연신 켈룩, 켈룩 거리는 아빠의 습관과도 같은 기침은
우리들의 짜증 섞인 성화에 애써 감추려 하면서도
늘 목에 달고 다니셨다

가슴속 맺힌 무언가가 빠져나가지 못하고
목 한구석에 걸려 있는 듯 끝내 빼내지 못하고
아빠의 한마디가 채 끝나기도 전에
배어 나오는 기침이 되어 버렸다

누군가는 환절기 잠깐 지나갈 기침이
아빠에게는 평생을 끌어안고 갈 짐이 된 것일까

못내 가슴 아프면서도 떨어지지 않는
그 기침에 대한 원망을 아빠에게 쏟아버리면
아빤 또 미안해하며 켈룩거리실 뿐이다

가슴에 스며드는 단비

살어리랏다

오길원 시집

2025년 3월 10일 초판 1쇄
2025년 3월 12일 발행
지 은 이 : 오길원
펴 낸 이 : 김락호
디자인 편집 : 이은희
기 획 : 시사랑음악사랑
연 락 처 : 1899-1341
홈페이지 주소 : www.poemmusic.net
E-Mail : poemarts@hanmail.net

정가 : 12,000원
ISBN : 979-11-6284-588-2

저작권자와 맺은 특약에 따라 검인은 생략합니다.
잘못된 책은 교환해 드립니다.